AF449676

Charlotte Perkins Gilman

LA CARTA DA PARATI GIALLA

Prima edizione: gennaio 2021

Titolo dell'opera:

La Carta da parati gialla

© 2021 Charlotte Perkins Gilman

Titolo Originale dell'opera:
The Yellow Wallpaper

Traduzione di Barbara Luciana Di fiore

Copyright © 2021 Barbara Di fiore Editore

ISBN 978-88-31201-66-7

CHARLOTTE PERKINS GILMAN

LETTERA A ME STESSA

Dal momento che io Charlotte A. Perkins non ho più 23 24 anni e non sono soddisfatta, perché non cedere!

Che cosa ho fatto fino ad oggi per compiere il mio dovere di membro del mondo? Se domani morissi, cosa mi sarei persa?

Cosa voglio fare ed essere?

Perché ora sono infelice?

Ho promesso di sposare Charles Walter Stetson. Manterrò questa promessa se entrambi vivremo e non ci verrà impedito. Quindi, ho accettato di diventare sua moglie. Sì. Lo amo? Sì.

L'amore che provo per lui significa che lo voglio più di qualsiasi altro uomo sulla terra?

Questo e molto più. Dovrebbe significare di più. Ciò vorrebbe dire che se lui non amasse me, io dovrei continuare ad amarlo. Dovrei? Per quel tanto che ora posso concedere e prevedere — sì.

Infatti amare è molto più del semplice desiderare qualcuno. L'Amore è il desiderio infinito del bene dell'altro, è come una brama di dare, non soltanto voglia di ricevere.

Allora se amo quest'uomo, più di tutti, cosa devo fare per lui?

In che modo posso, potrei, fargli del bene?

Di materiale, non posso dargli nulla. E a livello spirituale?

Il meglio di me sicuramente, l'unica cosa da fare è santificarmi e sacrificarmi, e poi, amarlo, solo così posso migliorarlo e renderlo felice.

Dunque, in questa relazione, come prima che cominciasse, il mio primo obiettivo è vivere. Sì.

Cosa devo fare allora?

Acquisire da sola quella caratteristica che la ragione mi dice essere la principale.

E come dovrei essere?

1) Assolutamente altruista.

Ovvero? Trovare la mia felicità nelle piacevoli emozioni degli altri piuttosto che nelle mie.

Considerare gli altri, pensare agli altri, porsi prima di tutto "gli/le piacerà? Piuttosto che pensare "Dovrei".

Lo sto facendo? Un po'. Faccio del mio meglio? No. Comincio subito.

2) Saggia. Ovvero? Intuizione e memoria e qualche decisione presa per il momento. Usare la Ragione, la Ragione dataci da Dio, e agire tenendo conto delle conseguenze.

3) Forte. La forza cresce con la pratica. E io sto usando tutta quella che ho? No. Lasciate che ve lo raccomandi.

4) Coraggiosa. E il coraggio fa parte della forza. La forza, quel potere risoluto di Fare del Bene a prescin-

dere dalle conseguenze, pur essendone consapevoli; senza paura delle conseguenze, pur essendone consapevoli; senza paura delle conseguenze, anche se sconosciute.

Sono coraggiosa? Un po'. Allora, lasciatemi mettere in pratica il mio coraggio.

5) Pura. La purezza è uno stato che non lascia spazio a nessun impulso malvagio, pensiero vile: altrimenti se entra con forza muore di vergogna di fronte alla luce bianca.

La purezza la si può ottenere rifiutando costantemente e per lungo tempo idee di basso livello. Allontana tutto ciò che di sordido vi è nella mente, non farlo entrare, e lentamente la mente cambia, e tutta la sozzura torna all'attacco. Sono pura? Più che mai: e sempre di più. Mi impegno ad esserlo con la massima serietà? No. È da qui che devo ricominciare.

6) Vera.

La verità è semplicemente l'espressione di ciò che si è. Una pietra che sembra una pietra, è vera. Siate buoni e bravi come volete, ma crescendo dimostrate di esserlo veramente. Sono vera? In parte, più di quanto pensassi, ci provo anche, ma ultimamente una sorta di foschia morale ha indebolito i miei sforzi.

Altruista, vera e saggia; forte, coraggiosa e pura - se sono tutte queste cose faccio la cosa giusta per fare del bene a mio marito, ai miei figli, al mio Dio e all'umanità. Questo è il mio compito principale.

Sia che abbia amore e felicità o che li perda; sia che soffra, goda o mi diverta, in ogni caso questo è il mio primo - dovere - ambizione – compito!

Solo se sono così ho vissuto veramente.

Non avere un amante è il mio dovere verso Dio, verso l'uomo e verso me stessa. Avere qualcuno da amare è il primo dovere che ho nei suoi confronti.

Essere altruista. Vera. Saggia. Forte. Coraggiosa. Pura.

Charlotte A. Perkins

PERCHÉ HO SCRITTO LA CARTA DA PARATI GIALLA

Originariamente pubblicato nel numero di ottobre 1913 di The Forerunner.

Molti e molti lettori l'hanno chiesto. Quando il racconto uscì per la prima volta, sulla rivista New England Magazine del 1891, un medico di Boston inviò una protesta a The Transcript. Una storia del genere non doveva essere scritta, disse; avrebbe fatto impazzire chiunque l'avesse letta.

Un altro medico, in Kansas credo, scrisse definendola la migliore descrizione della pazzia incipiente che avesse mai visto, e - perdonatemi - se fossi stata lì?

Ora la storia della storia è questa:

Per molti anni ho sofferto di un grave e continuo esaurimento nervoso tendente alla malinconia - e oltre. Durante il terzo anno (più o meno) di questo disturbo mi sono recata, in fede e con qualche timida speranza, da un noto specialista in malattie nervose, il più noto del paese. Quest'uomo saggio mi mise sul letto e applicò la terapia del riposo, con la quale il mio fisico ancora in forma rispose così prontamente che egli concluse che non c'era nulla di grave in me, e mi mandò a casa con il solenne consiglio di "vivere il più possibile una vita domestica", di "dedicare solo due ore di vita intellettuale al giorno", e di "non toccare mai più la penna, pennello o matita" finché avessi vissuto. Questo nel 1887.

Tornai a casa e seguii quelle indicazioni per circa tre mesi, e quando mi avvicinai così tanto alla quasi totale rovina mentale riuscii a vedere oltre.

Poi, usando la poca intelligenza rimasta, e aiutata da un saggio amico, gettai al vento i consigli del noto specialista e tornai a lavorare: il lavoro, la vita normale di ogni essere umano; il lavoro, in cui c'è gioia, crescita e servizio, senza il quale si è poveri e dei parassiti, recuperando infine una certa misura del potere.

Spinta naturalmente a gioire di questa evasione, scrissi La Carta da Parati Gialla, con i suoi abbellimenti e le sue aggiunte, per realizzare l'ideale (non ho mai avuto allucinazioni o nulla in contrario alle mie decorazioni murali) e ne mandai una copia al medico che mi fece quasi impazzire. Non lo riconobbe mai.

Il piccolo racconto è apprezzato dagli alienisti e considerato un buon esempio di letteratura. Per quanto ne so, ha salvato una donna da una simile fatalità - così terrificante per la sua famiglia che l'hanno lasciata uscire a svolgere attività normali e si è ripresa.

Ma il risultato migliore è questo. Molti anni dopo mi è stato detto che il noto specialista aveva ammesso ai suoi amici di aver modificato la sua cura alla nevrastenia dopo aver letto La Carta da Parati Gialla.

Non è stato scritto con lo scopo di far impazzire la gente, ma di salvarla, e ha funzionato.

LA CARTA DA PARATI GIALLA

Avviene di rado che persone comuni come me e John riescono a ottenere sale ancestrali per l'estate. Una villa coloniale, una tenuta ereditaria, direi una casa infestata, in cui raggiungere l'apice della felicità romantica, ma sarebbe chiedere troppo al destino!

Tuttavia dichiarerò con orgoglio che c'è qualcosa di strano in tutto questo.

Altrimenti, perché darla in affitto così a buon mercato? E perché è stata disabitata per così tanto tempo? John ride di me, naturalmente, ma c'è da aspettarselo nel matrimonio.

John è pratico fino all'eccesso. Non ha pazienza con la religione, un intenso orrore di superstizione, e si fa beffe apertamente di qualsiasi discorso su cose che non possono essere sentite, viste e messe in scena.

John è un medico, e forse (non lo direi ad anima viva, naturalmente, ma questa è carta morta e un gran sollievo per la mia mente), forse questo è uno dei motivi per cui non guarisco più velocemente.

Vedete, lui non crede che io sia malata! E cosa si può fare? Se un medico di eccellente fama, che è anche il proprio marito, assicura ad amici e parenti che non c'è davvero nulla che non vada in me, se non una temporanea depressione nervosa, una leggera tendenza isterica, cosa si può fare?

Anche mio fratello è un medico, e anche lui di eccellente fama, e dice la stessa cosa.

Allora prendo i fosfati o i fosfiti, o come si chiamano, i ricostituenti, i viaggi, l'aria e l'esercizio fisico, e mi è assolutamente proibito "lavorare" fino a quando non sarò di nuovo in salute.

Personalmente, non sono d'accordo con le loro idee.

Personalmente, credo che un lavoro gradito, insieme all'entusiasmo e al cambiamento, mi farebbe bene.

Ma cosa si può fare?

Ho scritto per un po' di tempo, loro malgrado; ma mi stanca davvero tanto dover essere così guardinga, o diversamente incontrare una forte resistenza.

A volte provo a immaginare la mia situazione se avessi meno opposizioni e più compagnia e stimoli, ma John dice che la cosa peggiore che posso fare è pensare alla mia condizione, e confesso che mi fa sempre sentire male.

Quindi lascerò perdere e parlerò della casa.

È un posto meraviglioso! È abbastanza isolato, ben lontano dalla strada, a tre miglia dal villaggio. Mi fa pensare ai posti inglesi di cui si legge nei libri, perché ci sono siepi, muri e cancelli che si chiudono a chiave, e tante casette separate per i giardinieri e le persone.

C'è un giardino delizioso! Non ne ho mai visto uno così grande e ombreggiato, pieno di vialetti delimitati di bosso e fiancheggiati da lunghi pergolati ricoperti di uva, con panchine sotto di essi.

C'erano anche delle serre, ma ora sono tutte rotte.

C'è stato qualche problema legale, credo, qualcosa sugli eredi e i coeredi; a ogni modo, il posto è rimasto vuoto per anni.

Temo che questo rovini la mia spiritualità, ma non mi interessa. C'è qualcosa di strano nella casa, lo sento.

L'ho detto anche a John una sera al chiaro di luna, ma lui ha detto che quello che sentivo era una corrente d'aria e ha chiuso la finestra.

A volte mi arrabbio con John senza motivo. Sono sicura di non essere mai stata così sensibile. Penso che sia dovuto a questa condizione di nervosismo.

Ma John dice che se mi sento così trascurerò il giusto autocontrollo; allora mi sforzo di controllarmi, almeno davanti a lui, e questo mi rende molto stanca.

La nostra stanza non mi piace affatto. Ne volevo una al piano di sotto, che si aprisse sulla terrazza e che avesse rose su tutta la finestra, e delle bellissime tende di chintz vecchio stile! Ma John non ne ha voluto sapere.

Ha detto che c'era solo una finestra e non c'era spazio per due letti, e che non c'era una stanza accanto per lui, se ne avesse voluto prendere un'altra.

È molto attento e amorevole, e difficilmente mi lascia muovere senza darmi istruzioni speciali.

Ogni ora del giorno ho delle istruzioni da seguire; lui si prende cura di me, e quindi mi sento profondamente ingrata per non apprezzarlo di più.

Ha detto che siamo venuti qui solo per me, che dovevo godere di un riposo assoluto e di tutta l'aria che potevo. «Il tuo esercizio dipende dalla tua forza, mia cara» ha detto, «e il tuo cibo un po' dal tuo appetito; ma l'aria la puoi respirare in ogni momento». Così abbiamo preso la nursery, all'ultimo piano.

È una stanza grande e ariosa, occupa quasi tutto il piano, con finestre che guardano in tutte le direzioni, e aria e sole a volontà. Mi pare di capire che prima è stata una nursery, poi una stanza dei giochi e poi una palestra; infatti vi sono sbarre alle finestre per i bambini, e ci sono anelli e altri oggetti che sporgono dalle pareti.

Sembra che la vernice e la carta da parati siano state rovinate da una scolaresca di ragazzi. La carta è strappata in grandi macchie tutt'intorno alla testata del mio letto, più o meno fin su in alto, e anche in un bel posto dall'altra parte della stanza, in basso. Non ho mai visto carta da parati peggiore in vita mia.

Ha uno di quei disegni che si propagano in modo appariscente commettendo ogni peccato artistico.

È abbastanza sbiadito da confondere l'occhio che lo segue, abbastanza pronunciato da irritare costantemente e attirare l'attenzione, e quando si seguono le curve zoppicanti e incerte, dopo un po' noti che improvvisamente si suicidano, si buttano con angolazioni scandalose, si distruggono in contraddizioni inaudite.

Il colore è repellente, quasi rivoltante; un giallo tossico e impuro, stranamente sbiadito dal lento passaggio della luce del sole.

In alcuni punti è un arancio sbiadito ma spettrale, in altri un pallido color giallo zolfo. Non c'è da stupirsi che i bambini la odiassero! Finirò per odiarla anch'io se dovrò vivere a lungo in questa stanza.

Arriva John, e devo mettere via, lui odia che io scriva anche solo una parola.

Siamo qui da due settimane e da quel primo giorno non ho mai avuto voglia di scrivere.

Ora sono seduta vicino alla finestra, in questa atroce nursery, e non c'è niente che possa ostacolare la mia scrittura, se non la mancanza di energie.

John è assente tutto il giorno, e anche alcune notti quando ha dei casi gravi. Sono felice che il mio caso non sia serio!

Ma questi disturbi nervosi sono terribilmente deprimenti.

John non sa quanto io soffra veramente. Sa che non c'è motivo di soffrire, e questo lo appaga. Ovviamente è solo questione di nervi. Mi pesa non fare il mio dovere in alcun modo!

Volevo essere d'aiuto a John, di grande sostegno e conforto, ed eccomi, qui sono già un peso notevole!

Nessuno crederebbe che sia uno sforzo enorme fare quel poco che riesco: vestirmi, intrattenere gli ospiti e dare ordini.

È una fortuna che Mary sia così brava con il bambino. Che caro bambino! Eppure non posso stare con lui, mi rende così nervosa...

Suppongo che John non sia mai stato nervoso in vita sua. Ride così tanto di me per questa carta da parati!

All'inizio voleva rifare la tappezzeria della stanza, ma poi ha detto che così le avrei permesso di avere la meglio su di me, e che per un paziente nervoso non c'era niente di peggio che cedere a tali fantasie.

Ha detto che dopo aver cambiato la carta da parati

sarebbe stato il turno del pesante fusto del letto, e poi delle sbarre alle finestre, e poi quel cancello in cima alle scale, e così via.

«Lo sai che questo posto ti fa bene» ha detto, «e davvero, cara, non vale la pena ristrutturare la casa per soli tre mesi di affitto».

«Allora andiamo di sotto,» ho detto, «ci sono delle stanze così belle lì».

Poi mi ha preso tra le sue braccia e mi ha detto che ero la sua piccola oca benedetta, che sarebbe sceso in cantina se avessi voluto, e che l'avrebbe fatta imbiancare a spese dei proprietari.

Ma ha ragione a proposito dei letti, delle finestre e di altre cose.

Chiunque desidererebbe una stanza ariosa e confortevole come questa e, naturalmente, non sono così sciocca da procurargli fastidi solo per un capriccio.

Mi sto davvero affezionando alla stanza grande, se non fosse per quell'orribile carta da parati.

Da una finestra vedo il giardino, quei misteriosi pergolati dalle ombre profonde, i tumultuosi fiori vecchio stile, i cespugli e gli alberi nodosi.

Da un'altra c'è una deliziosa vista sulla baia e su un piccolo molo privato che appartiene alla tenuta. C'è una bella stradina ombreggiata che dalla casa corre fin laggiù. Ho sempre voglia di vedere gente che passeggia in questi numerosi sentieri e pergolati, ma John mi ha avvertita di non cedere minimamente alla fantasia. Dice che con la mia forza immaginativa e la mia tendenza a inventare storie, una debolezza di nervi come la mia porterebbe sicuramente a ogni genere di stravaganze, e che dovrei usare la mia volontà e il mio buon senso per controllare la mia inclinazione. Quindi ci provo.

A volte penso che se stessi abbastanza bene da riuscire a scrivere un po', questo allevierebbe la pressione delle idee e mi rilasserebbe.

Ma ho notato che quando ci provo mi stanco molto.

È così scoraggiante non avere consigli e compagnia nel mio lavoro. John dice che quando starò veramente bene chiederemo al cugino Henry e a Julia di venirci a trovare per un po'; ma dice che in questo momento preferirebbe mettermi dei petardi nella federa piuttosto che permettermi di frequentare persone stimolanti.

Vorrei poter guarire più velocemente.

Ma non ci devo pensare. Mi sembra che questa carta da parati conosca l'influenza malvagia che ha avuto su di me!

C'è un punto ricorrente in cui il disegno ciondola come un collo rotto e due occhi bulbosi ti fissano a testa in giù.

Mi arrabbio per la sua impertinenza e insistenza. Strisciano su, giù e di lato, quegli occhi assurdi e impassibili sono ovunque. C'è un punto in cui due fogli non coincidono, e gli occhi vanno su e giù lungo la linea, uno un po' più in alto dell'altro.

Prima d'ora non ho mai visto tanta forza espressiva in una cosa inanimata, e tutti sappiamo quanta forza espressiva hanno! Da piccola ero abituata a stare sveglia e a provare divertimento e terrore per le pareti vuote e i mobili comuni, più di quanto la maggior parte dei bambini potesse provarne in un negozio di giocattoli.

Mi ricordo che i pomelli della nostra vecchia e grande scrivania ammiccavano con cortesia, e c'era una sedia che sembrava un'amica su cui poter contare.

Avevo l'impressione che se qualche altra cosa mi fosse sembrata troppo feroce, avrei potuto sempre saltare su quella sedia e sentirmi al sicuro.

I mobili di questa stanza sono semplicemente disarmonici, perché abbiamo dovuto portarli tutti qui dal piano di sotto. Suppongo che quando questa stanza è stata usata come stanza dei giochi abbiano dovuto portare fuori le cose della nursery, e non c'è da stupirsi! Non ho mai visto un simile disastro come quello che i bambini hanno combinato qui.

Come ho detto prima, la carta da parati è strappata in alcuni punti, ma è appiccicata stretta stretta come un fratello. I bambini devono aver avuto perseveranza oltre che ostilità.

Inoltre il pavimento è graffiato, scavato e scheggiato; lo stesso intonaco è scrostato qua e là, e questo grande e pesante letto, che è tutto quello che abbiamo trovato nella stanza, sembra che abbia attraversato una guerra.

Ma non mi dispiace neanche un po', a parte la carta da parati.

Ecco che arriva la sorella di John. È una ragazza così cara, e così premurosa verso di me! Non deve trovarmi intenta a scrivere.

È una perfetta ed entusiasta donna di casa, e non sogna una professione migliore. Ho l'impressione che lei creda che sia stata la scrittura a farmi ammalare!

Ma posso scrivere quando lei è fuori, e vederla da lontano da queste finestre.

Ce n'è una che dà sulla strada, una strada bella, ombreggiata e tortuosa, e una che si affaccia sulla campagna. Una campagna deliziosa, piena di grandi olmi e prati di velluto.

Questa carta da parati ha una sorta di sotto-disegno in una tonalità diversa, ed è particolarmente irritante, perché si può vedere solo in presenza di una certa luce, e quindi non in modo chiaro.

Ma nei punti in cui non è sbiadito, e dove il sole ha la giusta inclinazione, vedo una figura strana, provocante, informe, che sembra tenere il broncio dietro a quello stupido e vistoso disegno frontale.

C'è la sorella sulle scale!

Bene, il 4 luglio è passato! La gente se n'è andata e io sono stanca. John ha pensato che mi avrebbe fatto bene avere un po' di compagnia, così la mamma, Nellie e i bambini sono stati da noi per una settimana.

Naturalmente non ho fatto nulla. Jennie ora si occupa di tutto. Ma sono comunque stanca.

John dice che se non mi rimetto più velocemente in autunno mi manderà dal dottor Weir Mitchell.

Ma non ci voglio andare per niente al mondo. Avevo un'amica che una volta era in cura da lui, e lei dice che è proprio come John e mio fratello, solo molto peggio!

Inoltre, andare così lontano è un'impresa troppo impegnativa.

Ho la sensazione che non valga la pena muovere un dito per nessun motivo, e sto diventando terribilmente irritabile e lamentosa.

Piango per niente, e lo faccio la maggior parte del tempo.

Ovviamente non lo faccio quando c'è John, o chiunque altro, ma quando sono sola.

E sono da sola molto spesso. John è di frequente in città per dei casi gravi, e Jennie è brava e mi lascia in pace quando glielo chiedo.

Così cammino un po' in giardino o lungo quel bel sentiero, mi siedo nel portico sotto le rose, e me ne sto sdraiata quassù.

Mi sto affezionando molto alla stanza nonostante la carta da parati. Forse proprio a causa della carta da parati.

E così popola la mia mente!

Mi sdraio qui, su questo grande letto inamovibile (è inchiodato, credo) e seguo quel disegno per ore. Vi assicuro che fa bene come la ginnastica. Comincio, diciamo, dal fondo, laggiù nell'angolo dove la carta è rimasta intatta, e decido per la millesima volta che seguirò quell'insignificante disegno fino a trarne una sorta di conclusione.

Conosco un po' i principi del disegno, e so che questo non è basato su nessuna legge di radiazione, o alternanza, o ripetizione, o simmetria, o qualsiasi altra cosa di cui abbia mai sentito parlare.

Si ripete, ovviamente, ma su ogni singolo foglio, non in altro modo.

Guardando da un lato, ogni foglio si staglia da solo con curve gonfie e ghirigori, una sorta di "Romanico svilito" dal *delirium tremens*, che barcollano su e giù in colonne isolate di fatuità.

Ma, dall'altro lato, si collegano in diagonale, e le ramificazioni defluiscono in un orrore ottico fatto di grandi onde oblique, come un sacco di alghe che sguazzano in piena corrente.

Il tutto si propaga anche orizzontalmente, o almeno così sembra, e io mi sfinisco cercando di capire il suo sviluppo in quella direzione.

Hanno usato un foglio orizzontale per un fregio, e questo aggiunge confusione.

C'è un'estremità della stanza dove la carta da parati è quasi intatta, e lì, quando la luce indiretta si affievolisce e il sole basso splende direttamente su di essa, posso quasi immaginare le radiazioni. Dopotutto, le interminabili grottesche sembrano formarsi intorno a un centro comune e si precipitano in tuffi di uguale distrazione.

Mi fa stancare seguire il disegno. Mi farò un pisolino, credo. Non so perché dovrei scriverlo.

Non voglio.

Non mi sento in grado.

E so che John penserebbe che è assurdo. Ma in qualche modo devo dire quello che sento e penso poiché è un tale sollievo!

Ma lo sforzo sta diventando più grande del sollievo.

La metà delle volte sono terribilmente pigra, e mi sdraio sempre più spesso.

John dice che non devo perdere le forze, e mi fa prendere l'olio di fegato di merluzzo, un sacco di ricostituenti e cose simili, per non parlare di birra, vino e carne al sangue.

Caro John! Mi ama moltissimo e non sopporta di vedermi malata. L'altro giorno ho provato a parlare con lui in modo serio e ragionevole, e gli ho detto che vorrei mi lasciasse andare a far visita al cugino Henry e a Julia.

Ma lui ha detto che non ero in grado di andare, né di resistere una volta arrivata lì; e di certo io non ho insistito, perché stavo piangendo prima ancora di aver finito di parlare.

Sta diventando molto faticoso per me pensare con lucidità. Credo sia per la mia debolezza di nervi.

E il caro John mi ha preso in braccio, mi ha portato di sopra e mi ha steso sul letto, si è seduto accanto a me e ha letto finché mi sono affaticata.

Ha detto che ero il suo tesoro, il suo conforto e tutto ciò che aveva, che dovevo prendermi cura di me per il suo bene, e stare in salute.

Dice che solo io posso aiutare me stessa, che devo usare la mia volontà e il mio autocontrollo e non lasciarmi prendere da sciocche fantasie.

L'unica consolazione è che il bambino sta bene ed è felice, e non deve vivere in questa nursery con l'orribile carta da parati.

Se non l'avessimo usata noi, sarebbe toccata a quel povero bambino! Se l'è scampata! Non vorrei per niente al mondo che mio figlio, un esserino impressionabile, vivesse in questa stanza.

Non ci avevo mai pensato prima, ma è una fortuna che John mi abbia lasciata qui, dopotutto. Vedete, ho più sopportazione di un bambino. Naturalmente non ne parlo più con loro, sono molto prudente, e continuo comunque a tenere gli occhi aperti.

Ci sono cose in quella carta da parati che nessuno sa, o saprà mai, a parte me. Dietro a quel disegno esterno le forme confuse diventano ogni giorno più chiare. È sempre la stessa forma, ma molto più grande.

Ed è come se una donna si chinasse e si muovesse strisciando dietro a quel disegno. Non mi piace affatto. Inizio a pensare che vorrei che John mi portasse via da qui!

È molto difficile parlare a John della mia situazione, perché è così saggio e perché mi ama così tanto. Ma ieri sera ci ho provato.

C'era la luna piena. Splendeva tutt'intorno, proprio come il sole.

A volte lo odio, si insinua così lentamente, ed entra sempre da una finestra o dall'altra.

John stava dormendo e non volevo svegliarlo, così sono rimasta ferma a guardare la luce della luna riflessa su quella carta da parati ondulata, fino a quando mi si è accapponata la pelle.

L'indistinta figura che stava dietro sembrava scuotere il disegno, proprio come se volesse uscire.

Mi sono alzata pian piano e sono andata a sentire se la carta da parati si muoveva per davvero, e quando sono tornata John era sveglio.

«Cosa c'è, piccola?» ha detto. «Non andare in giro così, ti raffredderai».

Ho pensato che fosse il momento giusto per parlare, così gli ho detto che non stavo traendo nessun vantaggio a restare lì e che avrei voluto che mi portasse via.

«Perché tesoro?» ha detto «il nostro contratto d'affitto scadrà tra tre settimane, e non vedo come potremmo andarcene prima».

«Le riparazioni a casa nostra non sono terminate, e non posso lasciare la città proprio ora. Certo, se tu fossi in pericolo, lo farei, ma stai davvero meglio, cara, che tu ci creda o meno. Sono un medico, cara, ne sono certo. Stai riprendendo peso e colore, il tuo appetito è migliorato. Mi sento molto più tranquillo per te».

«Non sono aumentata di peso,» ho detto «anzi, peso di meno. E ho appetito la sera, quando sei qui, ma ne ho di meno la mattina quando vai via».

«La mia piccolina,» ha detto lui abbracciandomi «è malata quando ne ha voglia! Ma ora rendiamo migliori le ore diurne andando a dormire, e riparliamone domattina!».

«E tu non te ne andrai?» ho chiesto tristemente.

«Come potrei, cara? Ancora tre settimane e poi faremo un bel viaggetto di qualche giorno mentre Jennie prepara la casa. Davvero, cara, tu stai meglio!».

«Meglio nel corpo, forse» ho cominciato a dire, e mi sono fermata un attimo, perché lui si era seduto dritto di fronte a me e mi guardava con uno sguardo così severo e critico che non sono riuscita a dire altro.

«Mia cara,» ha detto lui «ti prego, per il mio bene e per quello di nostro figlio, oltre che per il tuo, non permettere mai neanche per un istante che quell'idea ti entri in testa! Non c'è niente di più pericoloso e affascinante per un temperamento come il tuo. È una fantasia falsa e sciocca. Non puoi credermi quando te lo dico da medico?».

E quindi, ovviamente, non ho detto nient'altro a riguardo, e di lì a poco siamo andati a dormire. Lui pensava che mi fossi addormentata, ma non era così; sono rimasta lì per ore a cercare di decidere se il disegno principale e quello secondario si muovessero davvero insieme o separatamente.

Alla luce del giorno, su un disegno come questo, c'è una mancanza di sequenza, una sfida alle leggi ottiche che irrita costantemente una mente normale.

Il colore è davvero orribile, incomprensibile ed esasperante, ma il disegno è una tortura.

Pensi di conoscerlo a fondo, ma appena inizi a seguirlo, fa un salto mortale all'indietro ed eccoti lì. Ti prende a schiaffi, ti butta giù e ti calpesta. È come un incubo.

Il disegno esterno è un florido arabesco che ricorda un fungo. Se riuscite a immaginare dei funghi a ombrello uniti tra loro, un'interminabile sfilza di funghi a ombrello, che germogliano e spuntano all'improvviso in infinite contorsioni, ecco, questo ci assomiglia.

Ci assomiglia, a volte!

Questa carta da parati ha una spiccata peculiarità, una cosa che nessuno sembra notare tranne me, e cioè che cambia al variare della luce.

Quando il sole filtra attraverso la finestra a est, e io guardo sempre quel primo raggio lungo e diretto, il disegno cambia così velocemente che non mi sembra vero. Ecco perché lo guardo sempre.

Di notte, al chiaro di luna, quando c'è la luna illumina tutta la stanza, non saprei dirvi se è la stessa carta da parati.

Di notte, con qualsiasi tipo di luce, al crepuscolo, a

lume di candela, a lume di lampada e, peggio ancora, al chiaro di luna, le contorsioni diventano sbarre! Il disegno esterno, intendo, e la donna dietro di esso è evidente.

Per molto tempo non mi sono resa conto di cosa fosse quella cosa che si vedeva dietro, quel sotto- disegno sfocato, ma ora sono abbastanza sicura che si tratti di una donna.

Alla luce del giorno è sottomessa, tranquilla. Immagino che sia il disegno a tenerla così ferma. È così sconcertante. Mi tiene occupata ogni momento.

Ora mi sdraio sempre più spesso. John dice che mi fa bene, e che devo dormire più che posso. In effetti, ha voluto farmi abituare obbligandomi a sdraiarmi un'ora dopo ogni pasto.

È una pessima abitudine, ne sono convinta, perché, vedete, io non riesco a dormire. E questo promuove l'inganno, perché non dico loro che sono sveglia, oh no!

Il fatto è che sto iniziando ad avere un po' paura di John. A volte mi sembra molto strano, e anche Jennie ha uno sguardo incomprensibile.

Ogni tanto mi viene in mente, come ipotesi scientifica, che forse è a causa della carta da parati!

Ho guardato John quando non sapeva di essere osservato, e sono entrata nella stanza all'improvviso con delle scuse innocenti, e l'ho sorpreso più volte a guardare la carta da parati! E anche Jennie. Una volta l'ho scoperta mentre la toccava.

Non sapeva che fossi nella stanza, e quando le ho chiesto con un tono di voce calmo, molto calmo, nella maniera più misurata possibile, cosa stesse facendo con la carta da parati, si è girata come se fosse stata sorpresa a rubare, e mi ha chiesto perché l'avevo spaventata in quel modo.

Poi ha detto che la carta da parati macchiava tutto quello con cui veniva a contatto, che aveva trovato delle macchie gialle su tutti i miei vestiti e su quelli di John, e che avrebbe voluto che stessimo più attenti!

Suona innocente, vero? Ma so che stava studiando quel disegno, e sono determinata a far sì che nessuno scopra niente tranne me!

La vita ora è molto più eccitante di quanto non fosse prima. Vedete, ho qualcosa da attendere, da aspettare con ansia, da guardare. Mangio molto meglio e sono più tranquilla di prima.

John è così contento dei miei progressi! L'altro giorno ha fatto un leggero sorriso, e ha detto che sembravo prosperare a dispetto della mia carta da parati.

Ho chiuso l'argomento con una risata. Non avevo intenzione di dirgli che era per via della carta da parati, mi avrebbe preso in giro. Avrebbe potuto addirittura portarmi via. Ora non voglio andarmene finché non avrò scoperto il mistero. Manca ancora una settimana, e penso che sarà sufficiente.

Mi sento davvero meglio! Di notte non dormo granché, perché è interessante osservare gli sviluppi;

ma durante il giorno dormo molto. Di giorno è tutto faticoso e confuso.

Compaiono sempre nuovi germogli sul fungo, e nuove sfumature di giallo dappertutto. Non riesco a contarle, anche se ci ho provato scrupolosamente.

Ha un giallo strano, quella carta da parati! Mi fa pensare a tutte le cose gialle che ho visto, non a quelle belle come i ranuncoli, ma a quelle vecchie, brutte e disgustose.

Ma c'è qualcos'altro di strano in quella carta da parati: l'odore!

L'ho notato sin da quando siamo entrati nella stanza, ma con tutta quell'aria e il sole non era cattivo. Ora c'è stata una settimana di nebbia e pioggia, e che le finestre siano aperte o meno, l'odore è sempre qui.

Si insinua in tutta la casa. Aleggia nella sala da pranzo, si apposta in salone, si nasconde nel corridoio, si sdraia ad aspettarmi sulle scale.

Mi entra nei capelli.

Anche quando vado a cavallo, se giro la testa all'improvviso e di sorpresa, ecco quell'odore!

È un odore così particolare! Ho passato ore a cercare di analizzarlo, di scoprire che tipo di odore fosse. Non è cattivo all'inizio, è molto lieve, ma è l'odore più sottile e duraturo che abbia mai sentito.

Con questo tempo umido è terribile. Mi sveglio durante la notte e lo trovo sospeso su di me. All'inizio mi infastidiva. Pensavo seriamente di dover bruciare la casa per eliminare l'odore.

Ma ora ci sono abituata. L'unica cosa che mi viene in mente è che è come il colore della carta da parati! Un odore giallo. C'è un segno molto strano su questo muro, in basso, vicino al battiscopa. Una striscia che corre lungo tutta la stanza. Passa dietro a ogni mobile, tranne il letto, è lunga, dritta, sembra una macchia strofinata ripetutamente.

Mi chiedo come sia stato fatta e chi l'abbia fatta, e perché. Gira continuamente intorno e mi fa venire le vertigini!

Finalmente ho scoperto qualcosa.

A forza di guardare così tanto di notte, quando cambia in quel modo, ho finalmente capito. Il disegno in primo piano si muove, e non c'è da stupirsi! La donna dietro lo scuote!

A volte penso che ci siano molte donne lì dietro, a volte solo una che striscia velocemente, e il suo strisciare scuote tutto.

Poi, nei punti molto luminosi rimane immobile, e nei punti più ombreggiati prende le sbarre e le scuote con forza.

E cerca sempre di passare attraverso. Ma nessuno riuscirà mai ad arrampicarsi attraverso quel disegno, è così soffocante! Penso sia per questo che ci sono così tante teste.

Si distendono, e poi il disegno le strangola e le capovolge, e fa diventare bianchi i loro occhi! Se quelle teste fossero coperte o tolte, il disegno non sarebbe poi così male.

Credo che quella donna durante il giorno esca fuori! E vi dirò perché, privatamente, io l'ho vista!

La vedo fuori da ogni finestra!

È la stessa donna, ne sono certa, perché si muove strisciando, e la maggior parte delle donne non strisciano alla luce del giorno.

La vedo su quel lungo viottolo ombreggiato, che striscia su e giù. La vedo in quei pergolati di uva scura, si muove strisciando per tutto il giardino.

La vedo strisciare su quella lunga strada sotto gli alberi, e quando arriva una carrozza si nasconde sotto le piante di mora.

Non la biasimo neanche un po'. Dev'essere molto umiliante essere sorpresi a muoversi strisciando alla luce del giorno!

Chiudo sempre a chiave la porta quando striscio durante il giorno. Non posso farlo di notte, perché so che John sospetterebbe subito.

E John è molto strano ora, non voglio irritarlo. Vorrei che prendesse un'altra stanza! E poi, non voglio che nessuno faccia uscire quella donna di notte, tranne me.

Spesso mi chiedo se posso vederla da tutte le finestre contemporaneamente. Ma, nonostante mi giri il più velocemente possibile, riesco a vederla solo da una finestra alla volta.

E anche se la vedo sempre, forse riesce a strisciare più velocemente di quanto io non riesca a girare per tutta la stanza!

A volte l'ho vista allontanarsi in aperta campagna, strisciando veloce come l'ombra di una nuvola nel vento forte. Se solo si potesse togliere il disegno in primo piano da quello sottostante! Intendo provarci un po' alla volta.

Ho scoperto un'altra cosa strana, ma questa volta non la racconterò! Non è bene fidarsi troppo delle persone.

Rimangono solo altri due giorni per togliere questa carta da parati, e credo che John stia cominciando a notare qualcosa. Non mi piace il suo sguardo.

E l'ho sentito fare a Jennie un sacco di domande professionali su di me. Lei aveva un lungo rapporto da fare.

Ha detto che ho dormito molto durante il giorno.

John sa che non dormo molto bene la notte, perciò sono così tranquilla! Anche a me ha fatto ogni genere di domande e ha finto affetto e gentilezza. Come se non potessi vedere attraverso di lui!

Eppure, non mi meraviglia che si comporti così, dormendo sotto questa carta da parati per tre mesi... Interessa solo a me, ma sono sicuro che John e Jennie ne sono segretamente influenzati.

Evviva! Oggi è l'ultimo giorno, ma è abbastanza. John resterà in città tutta la notte, e non tornerà fino a stasera.

Jennie voleva dormire con me, una mossa astuta! Ma le ho detto che mi sarei riposata meglio se avessi dormito una notte tutta sola.

È stata un'ottima scusa, perché non sono stata sola neanche un po'! Appena è sorta la luna, e quella poveretta ha cominciato a strisciare e a scuotere il disegno, mi sono alzata e sono corsa ad aiutarla.

Io tiravo e lei spingeva, e poi io spingevo e lei tirava, e prima del mattino avevamo staccato metri e metri di carta da parati.

Una striscia alta circa quanto la mia testa intorno a metà della stanza.

E poi, quando è arrivato il sole e quel terribile disegno ha cominciato a ridere di me, ho dichiarato che avrei finito quel giorno stesso!

Domani ce ne andiamo, e stanno spostando di nuovo tutti i miei mobili al piano di sotto per lasciare le cose com'erano prima.

Jennie ha guardato il muro con stupore, ma io tutta allegra le ho detto che l'avevo fatto per puro dispetto verso la cosa malvagia.

Ha riso e ha detto che non le sarebbe dispiaciuto averlo fatto lei stessa, ma non avrei dovuto stancarmi. Come si è tradita quella volta!

Ma io sono qui, e nessuno tocca questa carta da parati tranne me, o non da vivo!

Ha cercato di farmi uscire dalla stanza... era talmente evidente! Ma ho detto che ora era così silenziosa, vuota e pulita che pensavo di sdraiarmi di nuovo e di dormire tutto il tempo possibile, di non svegliarmi nemmeno per la cena. L'avrei chiamata io al mio risveglio.

Così ora lei non c'è più, la servitù non c'è più, e non c'è più niente, non è rimasto niente, se non quel grande fusto del letto inchiodato, con il materasso di tela che abbiamo trovato sopra.

Stanotte dormiremo al piano di sotto, e domani prenderemo la barca per tornare a casa. Mi piace molto la stanza, ora è di nuovo spoglia.

Come l'hanno rovinata quei bambini!

Il fusto del letto è completamente tarlato! Ma devo mettermi al lavoro.

Ho chiuso la porta a chiave e l'ho gettata sul pavimento che conduce all'entrata. Non voglio uscire e non voglio che nessuno entri finché non torna John.

Voglio stupirlo.

Ho qui una corda che nemmeno Jennie ha trovato. Se quella donna esce e cerca di scappare, posso legarla!

Ma ho dimenticato che non posso andare lontano senza qualcosa su cui appoggiarmi! Questo letto non si muove!

Ho provato a sollevarlo e a spingerlo fino a sfinirmi, e poi mi sono arrabbiata talmente tanto da staccare a morsi un pezzettino da un angolo, ma mi sono fatta male ai denti.

Poi ho tolto tutta la carta da parati che riuscivo stando sul pavimento. È terribilmente appiccicosa e il disegno sembra divertirsi! Tutte quelle teste strangolate, quegli occhi bulbosi e le onde fungose emettono urla di derisione!

Mi sto arrabbiando talmente tanto da fare qualcosa di estremo. Saltare dalla finestra sarebbe un esercizio ammirevole, ma le sbarre sono troppo forti per provarci.

E poi non lo farei mai. Certo che no. So bene che un gesto del genere è sconveniente e potrebbe essere frainteso.

Non mi piace guardare fuori dalle finestre; ci sono così tante donne che strisciano, e lo fanno così velocemente!

Mi chiedo se escano tutti da quella carta da parati, come ho fatto io...

Ma ora sono saldamente legata con la mia corda ben nascosta, non mi farete uscire in strada! Suppongo che dovrò tornare dietro il disegno quando arriverà la notte, ed è difficile!

È così piacevole stare fuori in questa grande stanza e strisciare in giro a mio piacimento! Non voglio uscire. Non lo farò, neanche se Jennie me lo chiede.

Perché all'esterno bisogna strisciare sul terreno, e tutto è verde invece che giallo.

Ma qui posso strisciare facilmente sul pavimento, e la mia spalla si trova giusto all'altezza di quella macchia sul muro, quindi non posso perdermi.

Ma ecco, c'è John alla porta!

È inutile, giovanotto, non riuscirai ad aprirla! Sentite come chiama e bussa!

Ora urla per avere un'ascia.

Sarebbe un peccato abbattere quella bella porta!

«John caro,» ho detto io con la voce più gentile possibile «la chiave è giù in fondo alla scalinata, sotto una foglia di platano!».

Questa frase lo ha messo a tacere per qualche istante.

Poi ha detto, in tutta tranquillità: «Apri la porta, tesoro mio!».

«Non posso,» gli ho detto «la chiave è giù, vicino alla porta d'ingresso, sotto una foglia di platano!». E poi l'ho detto di nuovo, più volte, lentamente e gentilmente, e l'ho ripetuto talmente tante volte che

è dovuto andare a vedere, l'ha presa, naturalmente, ed è entrato. Si è fermato vicino alla porta.

«Cosa c'è che non va?» gridava. «Per l'amor di Dio, cosa stai facendo?». Continuavo a strisciare, ma lo guardavo da sopra le spalle.

«Finalmente sono uscita,» ho detto «a dispetto tuo e di Jennie! E ho strappato via la maggior parte della carta da parati, quindi non potrete rimettermi dentro».

Perché quell'uomo avrebbe dovuto svenire? Ma l'ha fatto, e proprio lungo la mia traiettoria, vicino al muro, così avrei dovuto scavalcarlo ogni volta!

MANOSCRITTO

Mrs. C. P. Stetson . Box 491 Pasadena Cal .
(About 6000 words) to be returned to Mr
Charles Walter Stetson
at the Fleur-de-Lys
Providence
R. I.

The Yellow Wall-Paper.

It is very seldom that
mere ordinary people like John
and I secure ancestral halls
for the summer.

A colonial mansion, a
hereditary estate, I would
say a haunted house, and
reach the height of romantic
felicity — but that would be
asking too much of fate!

Still I will proudly declare
that there is something queer
about it.

Else why should it
be let so cheaply? And why
have stood so long untenant
ed?

John laughs at me of

course, but one expects that in marriage.

John is practical in the extreme. He has no patience with faith, an intense horror of superstition, and he scoffs openly at any talk of things not to be felt and seen and put down in figures.

John is a physician, and perhaps, — I wouldn't say it to a living soul of course, but this is dead paper, and a great relief to my mind, — perhaps that is one reason I do not get well faster.

You see he does not believe I am sick! And what can one do? If a physician of high standing, and one's own husband, assures friends and relatives, that

that there is really nothing
the matter with one but
temporary nervous depression
— a slight hysterical tendency;
what is one to do?   My
brother is also a physician
and also of high standing,
and he says the same thing.

So I take phosphates or
phosphites — whichever it is,
and tonics, and journeys,
and air, and exercise, and
am absolutely forbidden to
"work" until I am well again.

Personally, I disagree with
their ideas.

Personally, I believe that
congenial work with ex-
citement and change would
do me good.

But what is one to do?

I did write for a while in spite of them; but it *does* exhaust me a good deal,—having to be so sly about it, or else meet heavy opposition.

I sometimes fancy that in my condition if I had less opposition and more society and stimulus—but John says the very worst thing I can do is to think about my condition, and I confess it always makes me feel badly.

So I will let it alone, and write about the house.

The most beautiful place!

It is quite alone, standing well back from the road, and quite three miles from the village. It makes me think of English places

that you read about, for
there are hedges, and walls,
and gates that lock, and
lots of separate little houses
for the gardeners and people.

There is a _delicious_ garden.
I never saw such a garden,
large and shady, full of box-
bordered paths, and lined
with long grape-covered arbors
with seats under them.

There were greenhouses too,
but they are all broken now.

There was some legal trouble
I believe; something about the
heirs and co-heirs; anyhow,
it has been empty for years
and years.

That spoils my ghostliness,
I am afraid, but I don't
care — there is something

strange about the house —
I can feel it. I even said
so to John one moonlit evening, but he said what I felt
was a _draught_, and shut
the window.

I get unreasonably angry
with John sometimes. I'm
sure I never used to be so
sensitive. I think it is due
to this nervous condition.

But John says if I feel so
I shall neglect proper self-
control; so I take pains to
control myself — before him at
least, and that makes me
very tired.

I don't like our room a bit.
I wanted one downstairs, that
opened on the piazza and
had roses all over the window,

and such pretty old-fashioned chintz hangings; but John wouldn't hear of it.

He said there was only one window and not room for two beds, and no near room for him if he took another.

He is very careful and loving, and hardly lets me stir without special careful direction; I have a schedule prescription for each hour in the day; he takes every care, and I feel basely ungrateful not to value it more. He said we came here solely on my account, that I was to have perfect rest, and all the air I could get. "Your exercise depends on your strength, dear" said he, "and your food some

what on your appetite; but air
you can absorb all the time".
So we took the nursery at
the top of the house.
It is a big air room, the

on ~~the~~ other side of the room,
low down.

I never saw a worse paper
in my life. One of those
sprawling, flamboyant patterns,
committing every artistic sin.
It is dull enough to confuse
the eye in following, pronounced
enough to constantly irritate
and provoke study, and when
you follow the lame uncer-
tain curves for a little distance
they suddenly commit suicide
— plunge off at outrageous
angles, destroy themselves in
unheard of contradictions.

The color is repellent, almost revolting; a smoulder-
ing unclean yellow, strangely
faded by the slow-turning sun.
It is a dull yet lurid orange

in some places, a sickly
sulphur tint — in others.

No wonder the children
hated it! I should hate
it myself if I had to live
in this room long.

There comes John, and I
must put this away — he
hates to have me write a
word.

+   +   +   +

We have been here two
weeks, and I haven't felt
like writing before since that
first day.

I am sitting by this window
now, up in this atrocious
nursery, and there is nothing
to hinder my writing as much
as I please, save lack of
strength.

John is away all day, and even some nights when his cases are serious. I am glad my case is not serious.

But these nervous troubles are dreadfully depressing.

John doesn't know how much I really suffer. He knows there is no _reason_ to suffer, and that satisfies him.

Of course it is only nervousness. It does weigh on me so not to do my duty in any way! I meant to be such a help to John, such a real rest and comfort, and here I am a comparative burden already! Nobody would believe what an effort it is just to do what little I am able. To dress and entertain and order things . It is fortunate Mary is so good with the baby. Such a dear baby! And yet I can not be with him, it makes me so nervous. I suppose John was never nervous in his life. He laughs at me so about this wall paper! At first he meant to re-paper the room, but afterward, he said that I was letting it get the better of me, and that nothing was worse for a nervous patient than to give way to such fancies. He said that after the wall paper was changed it would be the heavy bedstead, and then the barred windows, and then that gate at the head of the stairs, and so on. "You know the place is doing you good" he said, "and really, dear, I don't care to renovate the house just for a three months rental."

"Then do let us go down stairs," I said, "there are such pretty rooms there!"

Then he took me in his arms and called me a blessed little goose, and said he would go down cellar if I wished, and have it white-washed into the bargain!

But he is right enough about the beds and windows and things. It is as airy and comfortable a room as anyone need wish, and of course I wouldn't

be so silly as to make him un-
comfortable just for a whim.

I'm really getting quite fond
of the big room, all but that
horrid paper.

Out of one window I can see
the garden, those mysterious
deep-shaded arbors, the riotous
oldfashioned flowers and bushes,
the gnarly trees. Out of another
I get a lovely view of the bay
and a little private wharf that
belongs to the estate. There
is a beautiful shaded lane
that runs down there from
the house. I always fancy
I see people walking in these
numerous paths and arbors,
but John has cautioned me
not to give way to fancy
in the least. He says

that with my imaginative
power and habit of story
making, a nervous weakness
like mine is sure to lead to
all manner of excited fancies,
and that I ought to use
my will and good sense to
check the tendency. So I try.
I think sometimes that if
I were only well enough to
write a little it would relieve
the pressure of ideas and rest me.
But I find I get pretty
tired when I try. It is so
discouraging not to have any
advice and companionship
about my work. When I get
really well John says we
will ask Cousin Henry
and Julia down for a
long visit; but he says he

would as soon put fireworks
in my pillowcase as to let me
have those stimulating people
about now. I wish I could
get well faster. But I
mustn't think about that.

      This paper
looks to me as if it <u>knew</u>
what a vicious influence it had!

There is a recurrent spot where
the pattern lolls like a broken
neck, and two bulbous eyes
stare at you upside down.

I get positively angry with
the impertinence of it, and
the everlastingness. Up and
down and sideways they crawl,
and those absurd unblinking
eyes are everywhere. There is
one place where two breadths
didn't match, and the

eyes go all up and down the line, one a little higher than the other. I never saw so much expression in an inanimate thing before, and we all know how much expression inanimate things they have! I used to lie awake as a child, and get more entertainment and terror out of blank walls and plain furniture than most children could find in a toystore. I remember what a kindly wink the knobs of our big old bureau used to have; and there was one chair that always seemed like a strong friend. I used to feel that if any of the other things looked too fierce I could always hop into that chair and be safe.

The furniture in this room is no worse than inharmonious, however, for we had to bring it all from down stairs. I suppose when this was used as a playroom they had to take the nursery things out — and no wonder! for I never saw such ravages as the children have made here.

The wall-paper, as I said before, is torn off in spots, and it sticketh closer than a brother — they must have had perseverance as well as hatred. Then the floor is scratched and gouged and splintered, the plaster itself is dug out here and there, and this great heavy bed which is all we found in the room, looks as if it had been through the wars. But I don't mind it a bit — only the paper.

There comes John's sister. Such a dear girl as she is, and so careful of me! I mustn't let her find me writing.

She is a perfect, an enthusiastic housekeeper, and hopes for no better profession. I verily believe she thinks it is the writing which made me sick!

But I can write when she is out, and see her a long way off from these windows.

There is one that commands the road, a lovely shaded winding road; and one that just looks off over the country.

A lovely country too, full of great elms and velvet meadows.

This wallpaper has a kind of subpattern in a different shade, a particularly irritating one, for you can only see it in certain lights, and not clearly then. But in the places where it isn't faded, and where the sun is just so, I can see a strange provoking formless sort of figure, that seems to skulk about behind that silly and conspicuous front design.

There's sister on the stairs!

. . . . .

Well, the Fourth of July is over! The people are all gone and I am tired out.

John thought it might do

me good to see a little company, so me just had Mother and Nellie and the children down for a week.

Of course I didn't do a thing — Jennie sees to everything now. But it tired me all the same. John says if I don't pick up faster he shall send me to Weir Mitchell in the Fall.

But I don't want to go there at all. I had a friend who was in his hands once and she says he is just like John and my brother only more so!

Besides it is such an undertaking to go so far. I don't feel as if it were worth while to turn my hand over for anything, and I'm getting dreadfully fretful and querulous.

I cry at nothing, and cry most of the time. Of course I don't when John is here, or anybody else, but when I am alone.

And I am alone a good deal just now. John is kept in town very often by serious cases, and Jennie is good and lets me alone when I want her to. So I walk a little in the garden or down that lovely lane, sit on the porch under the roses, and lie down up here a good deal.

I'm getting really fond of the room in spite of the wall-paper. Perhaps _because_ of the wall-paper. It dwells in my mind so! I lie here on this great immovable bed — it is nailed down, I believe! — and follow

that pattern about by the hour.
It is as good as gymnastics,
I assure you. I start, we'll
say, at the bottom, down in
the corner over there, where
it hasn't been touched; and
I determine, for the thousandth
time, that I will follow that
pointless pattern to some sort
of a conclusion.

I know a little of the
principles of design myself,
and I know this thing was
not arranged on any laws
of radiation, or alternation,
or repetition, or symmetry,
or anything else that I ever
heard of. It is repeated
of course, by the breadth,
but not otherwise.

Looked at in one way each

breadth stand alone, the bloated
curves and flourishes, — a kind
of debased Romanesque with
<u>delirium tremens</u> — go waddling
up and down in an isolated
column of fatuity.

But on the other hand
they connect diagonally, and
the sprawling outlines run off
in great elastic waves of
optic horror; like a lot of
wallowing sea-weeds in
full chase.

The whole thing goes horizon-
tally, too, at least it seems
so, and I exhaust myself
in trying to distinguish the
order of its progression in
that direction. They have
used a horizontal breadth
for a border, and that adds

wonderfully to the confusion.

There is one end of the room where it is almost intact, and there, when the cross-lights fade and the low sun shines directly on it, I can almost fancy radiation after all; the interminable grotesque seem to form around a common center and rush off in headlong plunges of equal distraction.

It makes me tired to follow it —. I will take a nap I guess.

+   +   +   .

I don't know why I should write this.

I don't want to.

I don't feel able.

And I know John would think it absurd. But I must

say what I feel and think
in some way — it is such
a relief.

But the effort is getting to be
greater than the relief.

Half the time now I am lazy,
awfully lazy, and lie ~~around~~ down
ever so much. John says
I mustn't lose my strength,
and has me take cod liver oil
and lots of tonics and things,
to say nothing of ale and wine
and rare meat.

Dear John! He loves me very
dearly, and hates to have me
sick. I tried to have a real
earnest reasonable talk with
him the other day, and tell
him how I wish he would
let me go and make a visit
to cousin Henry and Julia.

But he said I wasn't able
to go, nor able to stand it
after I got there; and I did
not make out a very good case
for myself, for I was crying before I had
finished

It is getting to be a great effort for me to think straight.
Just this nervous weakness, I
suppose.

And dear John gathered me
up in his strong arms, and just
carried me up stairs and laid
me on the bed, and sat by me
and read to me till it tired
my head.

He said I was his darling
and his comfort, and all
he had, and that I must
take care of myself for his
sake, and keep well.

He says no one but myself—
can help me out of it, that
I must use my will and self-
control and not let any silly
fancies run away with me.
— There's one comfort, the
baby is well and happy, and
does not have to occupy this
nursery with the horrid wall-
paper. If I had not used
it that blessed child would have!.
What a fortunate escape!
Why, I wouldn't have a child
of mine, an impressionable little
thing, live in such a room
for worlds.
I never thought of it before,
but it is lucky that John kept
me here after all,
I can stand it so much
easier than a baby you see!.

Of course I never mention it
to them any more — I am too
wise, but I keep watch of it
all the same.   There are
things in that paper that nobody knows but me, or ever
will.   Behind that outside
pattern the dim shapes get
clearer every day.   It is
always the same shape, only
very numerous. And it's
like a woman stooping down
and creeping about behind
that pattern.   I don't like
it a bit.   I wonder —
I begin to think —   .
I wish John would take me
away from here! —

It is so hard to talk
with John about my case,

because he is so wise, and because he loves me so.

But I tried it last night.

It was moonlight. The
moon shines in all round
just as the sun does.

I hate to see it sometimes,
it creeps so slowly, and always comes in by one win-
dow or another.

John was asleep and I
hated to waken him, so
I kept still and watched
the moonlight on that un-
dulating wall-paper till it
made me creep.

The faint figure behind
seemed to shake the pat-
tern, just as if she wanted
to get out.

I got up softly and went

to feel and see if the paper
did move, and when I
came back John was awake.
"What is it little girl?" he said
"Don't go walking about like that
— you'll get cold."
I thought it was a real
good time to talk, so I told
him that I really was not
gaining here, and that I
wished he would take me
away.
"Why, darling," said he, "our
lease will be up in three
weeks, and I can't see
how to leave before. The
repairs are not done at
home, and I can't possibly
leave town just now. Of
course if you were in any
danger I could and would

but you really are better, dear, whether you can see it or not.

I am a doctor, dear, and I know. You are gaining flesh and color, your appetite is better, I feel really much easier about you."

"I don't weigh a bit more," said I, "nor as much; and my appetite may be better in the evening when you are here, but it is worse in the morning when you are away."

"Bless her little heart!" said he with a big hug, "she shall be as sick as she pleases! But now let's improve the shining hours by going to sleep, and talk about it in the morning!"

"And you won't go away?" I
asked gloomily.

"Why, how can I, dear? It
is only three weeks more and
then we will take a nice
little trip of a few days while
Jennie is getting the house
ready. Really, dear, you
are better!"

"Better in body, perhaps—"
I began, and stopped short,
for he sat up straight
and looked at me with
such a stern reproachful
look that I could not
say another word.

"My darling," said he, "I beg
of you, for my sake and
our child's sake, as well
as for your own, that you
will never for one instant

let that idea enter your mind. There is nothing so dangerous, so fascinating, to a temperament like yours. It is a false and foolish fancy. Can you not trust me as a physician when I tell you so?"

So of course I said no more on that score, and he went to sleep before long.

He thought I was asleep first, but I wasn't. I lay there for hours trying to decide whether that front pattern and the back pattern really did move together or separately.

    +   +   +   +

On a pattern like this, by daylight, there is a lack of sequence, a defiance

a law that is a constant ir-
ritant to a normal mind.

The color is hideous enough,
and unreliable enough, and
infuriating enough; but the
pattern is torturing.

You think you have master-
ed it, but just as you get
well underway in following it
it turns a back somersault
and there you are! It slaps
you in the face, knocks you
down and tramples on you.
It is like a bad dream.
The outside pattern is a
florid arabesque, reminding
one of a fungus. If you
can imagine a toadstool in
joints, an interminable string
of toadstools, budding and
sprouting in endless convo-

lutions — why, that is something like it.

That is, sometimes!

There is one marked pecul-
iarity about this paper,
a thing nobody seems to notice but myself, and that
is that it changes as the
light changes.

When the sun shoots in
through the east window
— I always watch for that
first long straight ray —
it changes so quickly that
I never can quite believe
it. That is why I watch
it always. By moon-
light — the moon shines
in all night when there is
a moon — I wouldn't know
it was the same paper.

at night — in any kind of
light — in twilight, candle-
light, lamplight — and worst
of all by moonlight — it
becomes bars! The outside
pattern, I mean, — and
the woman behind is
as plain as can be.

I didn't realize for a long
time what the thing was that
showed behind, the dim subpattern, — but now I am
quite sure it is a woman.

By daylight she is sub-
dued, quiet. I fancy
it is the pattern that
keeps her so still. It
is so puzzling. It keeps
me quiet by the hour.

I lie down ever so much
now. John says it is

good for me, and to sleep
all I can. Indeed he
started the habit — by making
me lie down for an hour
after each meal. It is
a very bad habit I am
convinced, for you see
I don't sleep.

And that's cultivate a
habit of deceit, for I don't
tell them I'm awake —
O no!

The fact is I am getting a
little afraid of John. He
seems very queer sometimes,
and even Jennie has an
inexplicable look.

It strikes me occasionally,
just as a scientific hypothesis,
— that perhaps it is the paper!

I have watched John

when he didn't know I was
looking — and come into
the room suddenly, on the
most innocent excuses,
and I've caught him sev-
eral times, looking at the
paper!   And Jennie, too,
    I caught Jennie with
her hand on it — once.
She didn't know I was in
the room, and when I asked
her in a quiet, a very quiet
voice, with the most restrained
manner possible, what
she was doing with the
paper? she turned around
as if she had been caught
stealing, and looked quite
angry — asked me why
I should frighten her so!
    Then she said that the

paper stained everything it touched, that she had found yellow smooches on all my clothes and John's, and she wished we would be more careful!

Did not that sound innocent? But I know she was studying that pattern, and I am determined that nobody shall find it out but myself!

+   +   +   +   +

Life is very much more exciting now than it used to be. You see I have something to expect, to look forward to, to watch. I really do eat better, and am much more quiet than I was.

John is so pleased to see me improve—

He laughed a little the other day and said I seemed to be flourishing in spite of my wall paper. I turned it off with a laugh. I had no intention of telling him it was <u>because</u> of the wall-paper!

He would make fun of me. He might even take me away. I don't want to leave now until I have found it out. There is a week more, and I think that will be enough.

. . . . .

I'm feeling ever so much better! I don't sleep much at night, for it is so interesting to watch developments; but I sleep a good deal in the daytime.

In the daytime it is tiresome and perplexing. There are always new shoots on the fungus, and new shades of yellow all over it. I can *not* keep count of them, though I have tried conscientiously. It is the strangest yellow — that paper! A sickly penetrating suggestive yellow. It makes me think of all the yellow things I ever saw — not beautiful ones like buttercups, but old foul bad yellow things.

But there is another thing about that paper — the smell!

I noticed it the moment we came into the room, but with so much air and sun it was not bad. Now we have had a week of fog and rain, and whether the windows are open or not the smell is here. It creeps all over the house. I find it hovering in the dining room, skulking in the parlor, hiding in the hall, lying in wait for me on the stairs. It gets into my hair. Even when I go to ride, if I turn my head suddenly and surprise it there is that smell!

Such a peculiar odor too! I have spent hours in trying to analyze it, to find what it smelled like. It is not bad — at first, and very gentle, but quite the subtlest, most enduring odor I ever met.

In this damp weather it is awful. I wake up in

this night and find it hang-
ing over me.   It used to
disturb me at first. I thought
seriously of burning the house
to reach the smell. But—
now I am used to it.
The only thing I can think of
thats it is like is the color of
the paper! A yellow smell.

There is a very funny mark
on this wall, low down near
the mop-board. A streak
that runs all round the room.
It goes behind every piece
of furniture except the bed;
a long straight even smooth,
as if it had been rubbed
over and over.

I wonder how it was
done, and who did it, and
what they did it for!

Round and round and round—
round and round and round—
it makes me dizzy!

I really have discovered
something at last. Through
watching so much at night,
when it changes so, I have
finally found out.

The front pattern does
move—and no wonder!
The woman behind shakes
it! Sometime, I think
there are a great many women
behind, and sometime only
one, and she crawls around
fast. And her crawling
shakes it all over.

Then in the very bright
spots she keeps still, and
in very shady spots she just

takes hold of the bars and shakes them hard.

And she is all the time trying to climb through.

But nobody could climb through that pattern, it strangles so; I think that is why it has so many heads. They get through, and then the pattern strangles them off, and turns them upside down and makes their eyes white!

If those heads were covered or taken off it would not be half so bad.

*   *   *   *   *

I think that woman gets out in the day time! And I'll tell you why — privately — I've seen her! I can see her out of every one of my windows! It is the same woman, ~~always~~ I know, for she is always creeping, and most women do not creep by daylight.

I see her in that long shaded lane, creeping up and down. I see her in those dark grape arbors, creeping all around the garden.

I see her on that long road under the trees, creeping along, and when a carriage comes she hides under the blackberry vines. I don't blame her a bit. It must be very humiliating to be caught creeping by daylight! I always lock the door when I creep by daylight. I can't do it at night, for I know John would suspect something at once. And John is so queer now, I don't want to irritate him. I wish he would take another room!

Besides, I don't want anybody to get that woman out at night but me.

I often wonder if I could see her out of all the windows at once. But turn as fast as I can I can only see out of one at a time.

And though I always see her she may be able to creep faster than I can turn!

I have watched her sometimes away off in the open country creeping as fast as a cloud shadow in a high wind.

+   +   +   +

If only that top pattern could be gotten off from the under one! I mean to try tearing it, little by little.

I have found out another funny thing, but I shan't tell it this time! It does not do to trust people too much.

There are only two more days to get this paper off, and I believe John is beginning to notice.

I don't like the look in his eyes. And I heard him ask Jennie a lot of professional questions about me. She had a very good report to give..

She said I slept a good deal in the daytime. John knows I don't sleep very

well at night, for all it's so
quiet.   He asked me
all sorts of questions, too,
and pretended to be very loving
and kind.   As if I couldn't
see through him!
   Still I don't wonder he
acts so, sleeping under this
paper for three months.
   It only interests me, but
I feel sure John and Jennie
are secretly affected by it.
    +   +   +   +

    Hurrah! This is the last
day, but it is enough.
   John had to stay in town
over night, and won't be
out till this evening.
   Jennie wanted to sleep
with me — the sly thing —
but I told her I should un-

doubtedly rest better for a
night all alone.

That was clever, for really
I wasn't alone a bit!
As soon as it was moon-
light and that poor thing
began to crawl and shake
the pattern, I got up and
ran to help her.

I pulled and she shook,
I shook and she pulled, and
before morning we had peeled
off yards of that paper.

A strip about as high as
my head, and half around
the room.

And then when the sun
came and that awful pattern
began to laugh at me I
declared I would finish it
today!

we go away tomorrow, and they are moving all my furniture down again to leave things as they were before.

Jennie looked at the wall in amazement, but I told her merrily that I did it out of pure spite at the vicious thing -

She laughed and said she wouldn't mind doing it herself, but I must not get tired. How she betrayed herself that time!

But I am here, and no person touches this paper but me — not alive!

She tried to get me out of the room — it was too patent! But I said it was so quiet and empty

and clean now that I
believed I would lie down
again and sleep all I could,
and not to wake me even
for dinner — I would call
when I woke!

So now she is gone, and
the servants, and the things,
and there is nothing left
but that great bedstead,
nailed down, with the
canvas mattress we found
on it.

We shall sleep down
stairs tonight, and take
the boat home tomorrow.

I quite enjoy the room
now it is bare again.

How those children did
tear about here! This bedstead is fairly gnawed!

But I must get to work.

I have locked the door and thrown the key down into the front path.

I don't want to go out, and I don't want to have anybody come in until John comes. I want to astonish him.

I've got a rope up here that even Jennie did not find. If that woman does get out, and tries to get away, I can tie her!

But I forgot I couldn't reach far without anything to stand on! The bed will not move, I tried to lift or push it till I was lame, and then I got so angry I bit off a little piece

at one corner — but it hurt
my teeth.

Then I peeled off all the paper I
could reach standing on the
floor. It sticks horribly,
and the pattern just en-
joys it. All those strangled
heads and bulbous eyes and
waddling fungus growths
just shriek with derision!

I am getting angry enough
to do something desperate.
To jump out of the window
would be admirable exercise,
but the bars are too strong
even to try. Besides I
wouldn't do it, of course.
I know well enough that
a step like that is improper
and might be misconstrued.
I don't like to look out

of the windows even — there are so many of those creeping women, and they creep so fast.

I wonder if they all came out of that wall paper as I did? But I am securely fastened now by my well-hidden rope — you don't get me out in the road there!

I suppose I shall have to get back behind the pattern when it comes night, and that is hard!

It is so pleasant to be out in this great room and creep around as I please!

I don't want to go outside. I won't, even if Jennie asks me to. For outside you have to creep on the ground, and everything is green instead of yellow.

But here I can creep smoothly on the floor, and my shoulder just fits in that long smooth around the wall, so I can not lose my way.

Why there's John at the door!

It is no use, young man, you can't open it!

How he does call and pound!

Now he's crying for an ax!

It would be a shame to break that beautiful strong door!

"John dear!" said I in the gentlest voice — "the

Key is down by the front-
~~door~~ steps, under a plantain
leaf."

That silenced him for a
few moments.

Then he said — very quietly
indeed — "Open the door,
my darli'!"

"I can't", said I, "the
key is down by the front
steps under a plantain leaf".

And then I said it again,
several times, very gently and
slowly.

I said it so often that
he had to go and see,
and he got it of course,
and came in.

He stopped short by the door.
"What is the matter!" he
cried. "For God's sake what

are you doing!"

I kept on creeping just the same, but I looked at him over my shoulder:

"I've got out at last," said I, "in spite of you and Jane! And I've pulled off most of the paper, so you can't put me back!"

Now why should that man have fainted?

But he did, and right across my path by the wall, so that I had to creep over him!

Charlotte Perkins Stetson.

Indice dei contenuti

www.ingramcontent.com/pod-product-compliance
Lightning Source LLC
La Vergne TN
LVHW051451170726
843492LV00002B/634